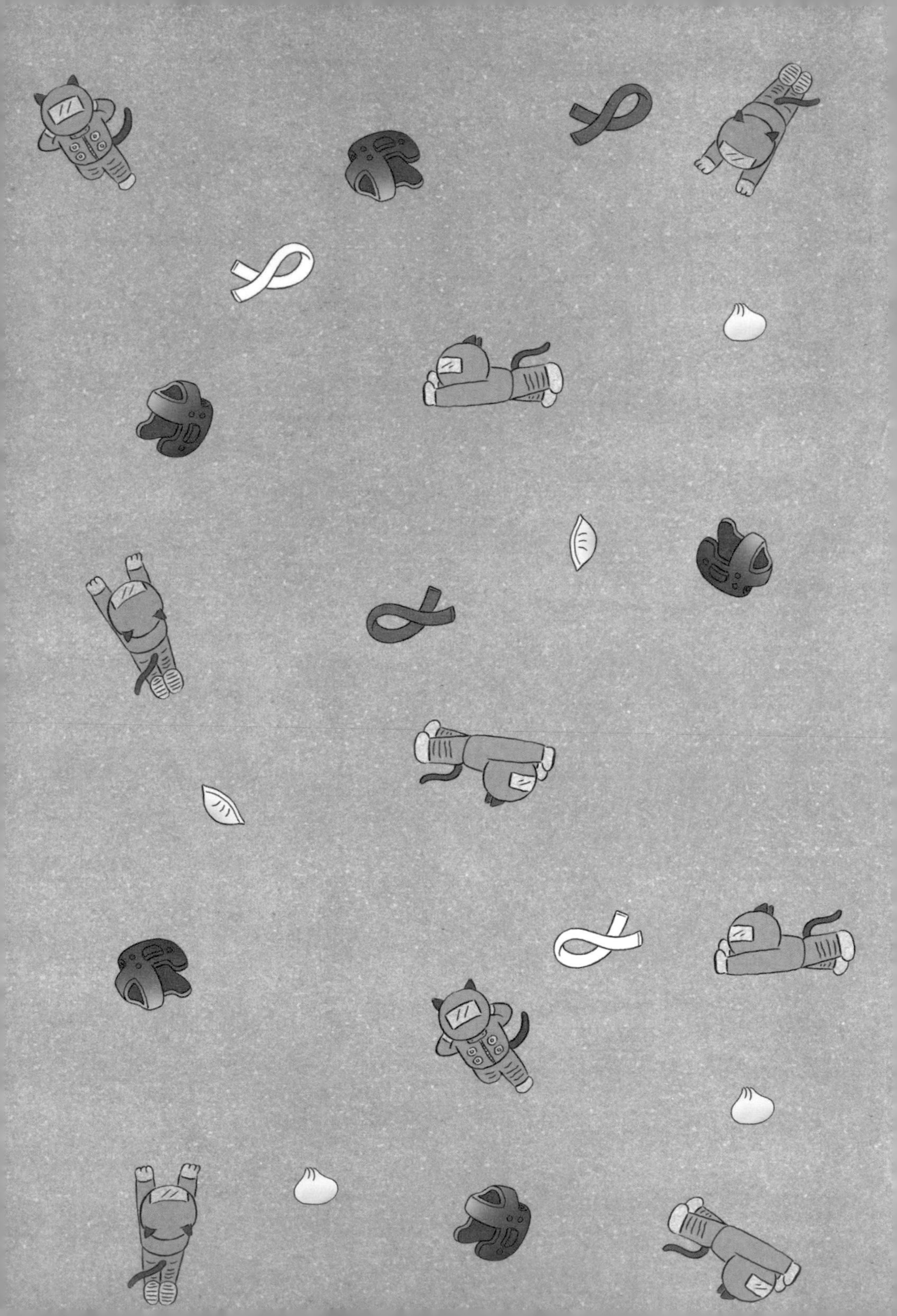

問題終結者黑喵

3 成為跆拳道高手！

洪旼靜／文　金哉希／圖　賴毓棻／譯

三民書局

目次

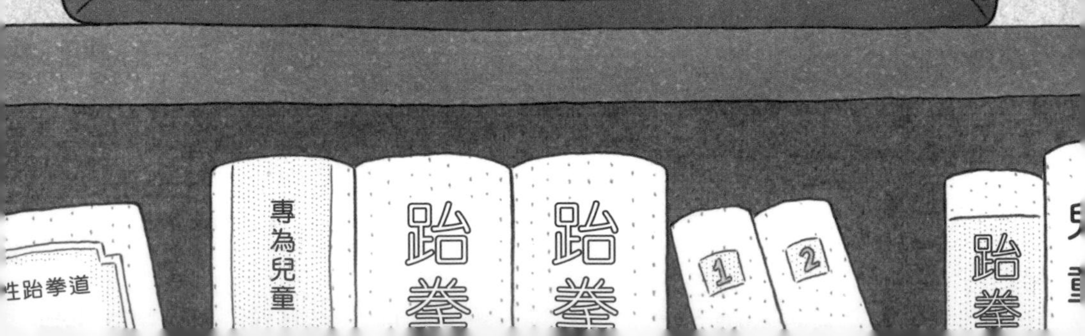

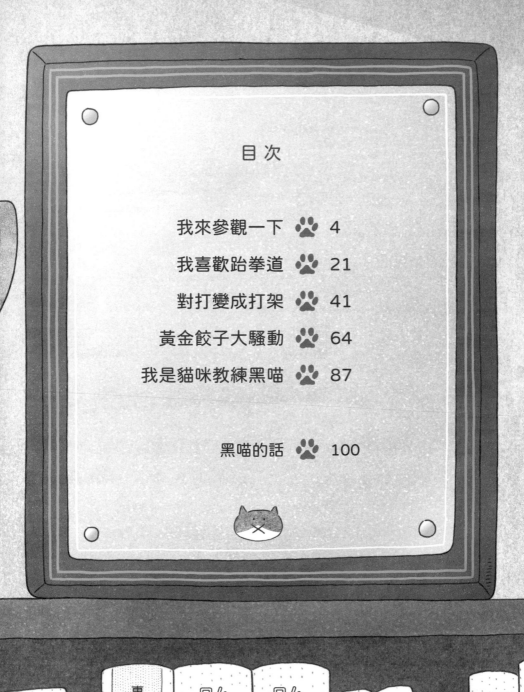

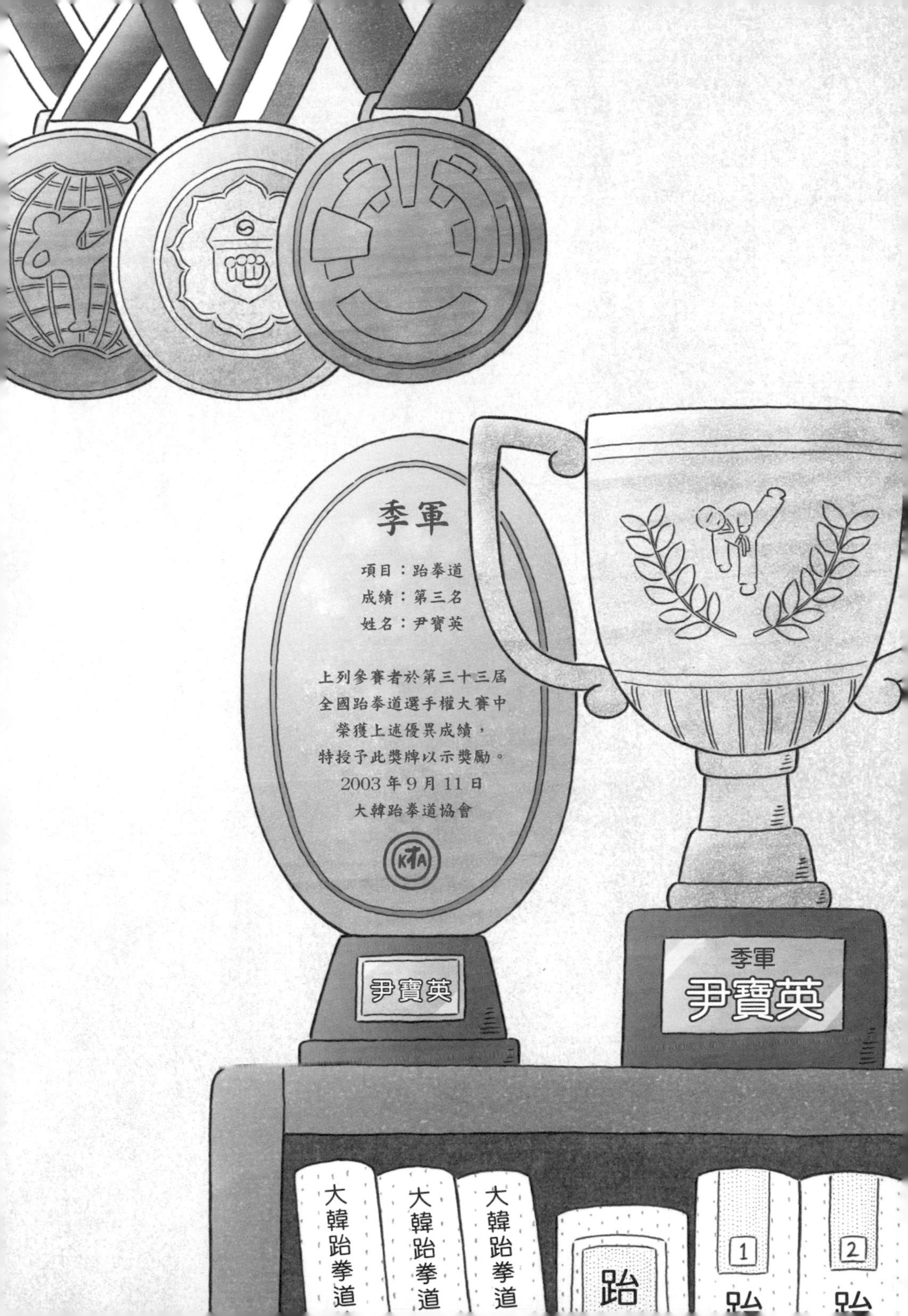
季軍
項目：跆拳道
成績：第三名
姓名：尹寶英
上列參賽者於第三十三屆
全國跆拳道選手權大賽中
榮獲上述優異成績，
特授予此獎牌以示獎勵。
2003年9月11日
大韓跆拳道協會
KTA
尹寶英
季軍
尹寶英
大韓跆拳道
大韓跆拳道
大韓跆拳道
跆
1
2

我來參觀一下

放學後，孩子們紛紛湧出校門。他們就像一群麻雀，嘰嘰喳喳的走下坡道。在學校圍牆下睡著午覺的貓咪悄悄睜開眼睛。牠原本想裝作沒聽到，繼續睡牠的覺，可是實在有點吵，但又不想就這麼起來。牠好久沒有躺在陽光如此充沛的地方了。牠將身體縮成一團，打算要再多睡一下。這時，不知從哪裡飛來了一張傳單，輕輕的落在牠的面前。

身體強壯，心理健壯，壯壯跆拳道

※憑此宣傳單可領取一份小禮物。

「有禮物可以拿？」

貓咪抖了抖身子，伸了一個懶腰，將身上每個角落都梳理過一次。接著便拖著行李箱，前往跆拳道館。牠將沿途被丟在地上的廣告傳單一張張撿起來。

「一份禮物、兩份禮物、三份禮物……」

牠以為一張傳單就能換到一份禮物。

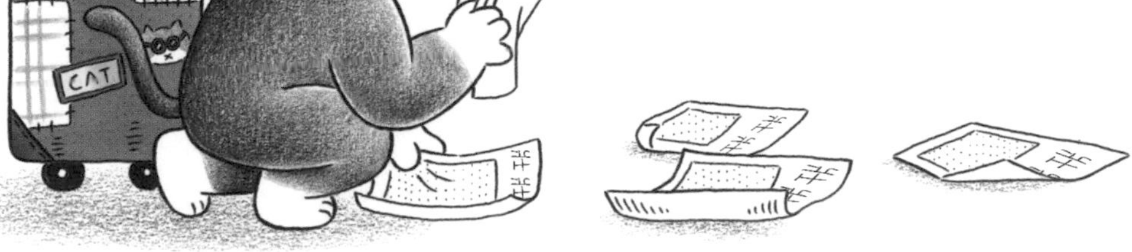

腳步勤快的貓咪，在餃子店前面停了下來。巨大的蒸籠裡冒出了白白的蒸氣，這讓牠感到非常新奇。準確來說，是因為餃子的味道實在太香了，讓牠不自覺的停下腳步。老闆爺爺發現有隻貓咪站在店門口吞著口水，不開心的說了一句：「最近不管走到哪裡都能看到貓。別在我這裡掉毛，趕快走開！」

貓咪不以為意的拿出傳單問：「請問您知道這在哪裡嗎？」

老爺爺將剛包好的餃子放進蒸籠裡，沒好氣的回答：「就在這棟大樓的三樓。」

貓咪吸了吸鼻子，再聞一下餃子的香氣後，便走上三樓。

102
103
英語補習班
數學專科補習班
小
中
高
壯壯跆拳道
壯壯
壯壯
美容院
兒童青少年科
染髮燙髮
店
胖胖餃子
胖胖餃子
胖胖餃子

一進到跆拳道館，牠就聽見從練習場旁邊小小的辦公室裡，傳來了說話的聲音。穿著跆拳道服的教練正在通話。

「喂？您好。下個月開始要送他去上英文補習班嗎？我知道了。」

教練掛斷電話後，垂下了頭，用雙手撐著。這時，貓咪「叩叩」的敲了敲門。

「歡迎光……」

「請問我可以參觀一下嗎？」

沒想到來訪跆拳道館的客人竟然是一隻貓。驚慌失措的教練瞪大了眼睛看著牠。貓咪將和牠體型一樣大的行李箱放在門邊，坐上沙發。看起來非常悠閒又有自信，像是來諮詢的一樣。

「這裡是讓孩子們學習跆拳道的地方，貓咪不可以隨便進來，知道嗎？」

教練嚴肅的告誡貓咪。她以為只要這麼說，這隻貓就會乖乖出去。但沒想到牠卻直挺挺的抬起頭來說：

「我聽說只要拿這個過來，就能領到禮物。」

貓咪滿臉自信的拿出了一疊廣告傳單。教練嘆了一口氣。那是她先前在校門口發的傳單，沒想到卻被孩子們扔在路上。雖然這種事已經不只一兩次了，但還是令她十分傷心。

「禮物不是隨便送的，而是決定要加入我們跆拳道館才會給。看來你沒看見背面寫的那些話。」

貓咪雖然很失望，卻沒有表現出來。牠一臉若無其事的問道：

「嗯，那我可以看看是什麼禮物嗎？」

<附有專車接送服務>
上課：15 人
下課：6 人
壯壯
CAT
一疊
壯壯

教練拿出一套新的跆拳道服。貓咪一看見胸口印著太極標誌的道服，眼睛就立刻亮了起來。

「我可以試穿一下嗎？我想知道這適不適合我。」

「很可惜這沒有適合你的尺寸。等等，你要不要繫繫看這條腰帶？說不定還不錯。」

教練將一條白色腰帶繫在貓咪的肚子上。貓咪看著自己倒映在鏡中的樣子。繫上腰帶之後，牠就更想得到跆拳道服了。

「這條可以送你。謝謝你幫我撿回這些傳單。」

相當滿意！

但是即便貓咪得到了腰帶，還是完全沒有打算要離開。教練擔心牠會一直在道館待下去。同一棟的住戶原本就在抱怨跆拳道館的聲音太吵了，如果又被他們知道這裡跑來了一隻貓，真不知還會說出什麼話來。

教練認為再這樣下去不是辦法，便看了看手錶，開始裝忙。

「哎呀，都這個時間了。我現在得出門去接那些小孩了。」

她以為只要這麼說，這傢伙就會乖乖離開。不過你們知道貓咪說了什麼嗎？

「我也可以跟妳一起去嗎？我很想知道這個社區是什麼樣子。」

教練搖了搖頭，走出辦公室。她已經花太多時間在和這隻貓說話了。教練一坐進汽車駕駛座，貓咪就立刻坐上了旁邊的座位。

「我的名字叫做黑喵。」

「我沒問你的名字。」

教練故意冷淡的說。但黑喵並沒有因此退縮，反而悠閒的看著窗外的風景。在車裡看見的社區，和牠在外面看到的樣子非常不同。公園裡的樹、路過的人看起來都很渺小。正在散步的狗看起來就像是小老鼠一樣。黑喵心想，如果每天都能坐車就太好了。

當車子停下來等紅綠燈的時候，黑喵開口了。

「如果妳需要助手，請告訴我。我原本是不做事的，但總不能白白收下這麼帥氣的腰帶嘛。」

教練有點驚訝。又不是送牠道服，只不過是送了一條腰帶而已，牠卻說要幫忙，這讓人覺得有些了不起。

「嗯，我很感謝你這麼說，但你能做到嗎？不僅要教跆拳道、親自開車、和家長洽談，還得替道館宣傳，要做的事情可多了。」

教練說完之後嘆了一口氣。原本這裡還有另一位教練，但在不久之前辭職了。雖然目前正在招聘新的教練，但要找到合得來的人並不容易。一個人要處理這麼多事務，還真不是普通的辛苦。

不過，只要看到開心運動完回家的孩子們，一股力量就會油然而生。其實，教練很喜歡小孩，就像她喜歡跆拳道一樣。

一進到公寓入口，就有一個身穿跆拳道服的孩子高興的揮著手。

當教練把車停好，黑喵就像等待已久似的衝下車。

「跆拳道教練，您……咦？是貓咪耶？」

小孩招呼打到一半，停了下來，直直的盯著黑喵看。

「你好啊，我叫做黑喵。快上車吧。」

黑喵和小孩一起上了車之後，就把門關上。然後用「這不算什麼」的表情看著教練。這段期間牠四處奔走，經常看見大人讓小孩

上車或下車的樣子。

每當車一停下，黑喵就會自動下車，讓那些孩子們安全的上車。多虧有牠在，教練可以專心開車就好。

她看著倒映在後視鏡裡的黑喵，露出了淺淺的微笑。

「這傢伙還挺不賴的嘛。」

載著孩子們的車，安全的

抵達跆拳道館。這一次，黑喵迅速的下車，並將孩子們一個個送進道館。最後下車的小孩問了黑喵：「你也在我們道館上課嗎？」

你們知道黑喵說了什麼嗎？

「嗯，沒錯。流浪貓哪裡都可以去。」

我喜歡跆拳道

兩個小男孩一下車就立刻衝上了三樓。他們決定要在開始上課之前，先來一場「鬥雞」比賽。急急忙忙的脫下鞋子亂扔之後，他們便走進道館。不過正好被教練撞見了這一幕。

「民才和賢宇，你們先把這裡所有的鞋子都整理好再進去吧。」

「是……」

兩人為了要整理鞋櫃，只好將鬥雞比賽延到下次。

壯壯
唉……
說個不停
嘰哩
呱啦
趕快
整理啦！

就在上課時間快到的時候，娜恩從四樓的數學補習班走了下來，一臉悶悶不樂的樣子來找教練。

「娜恩，妳的表情是怎麼了？」

娜恩有氣無力的回答：

「今天是我最後一次上課了。」

「對啊，教練知道。因為今天是最後一次上課了，所以要上得更開心、更愉快，知道嗎？」

娜恩用細如螞蟻的聲音回答「知道了」，然後離開辦公室。教練看著她的樣子，嘆了一口氣。

「為什麼是最後一次？她不喜歡學跆拳道嗎？」

黑喵耐不住好奇的發問。

「不是，正好相反。娜恩很想繼續學習跆拳道，但她的父母似乎認為她該用功讀書，所以叫她不要上了。只要進入新學年就常會發生這種狀況。呼，現在該去上課了。」

教練整理好身上的跆拳道服後，「哈」的喊了一聲，替自己打氣。不知不覺間，她已經完全忘了要將黑喵趕走。

黑喵透過辦公室的玻璃，欣賞著孩子們在練習場上課的樣子。

「先從轉動手腕開始熱身！一、二、三、四。」

教練和孩子們的口令聲在練習場上響亮的響起。不過有一個孩子卻突然舉起手這麼問：「不能讓黑喵跟我們一起上課嗎？」是最後下車的那個孩子。

有好幾個孩子也紛紛從四處跟著喊：「一起上課嘛！」

「如果跟牠一起上課，應該會更好玩。」

黑喵一聽見這句話，怎麼可能還不動如山呢？牠立刻從辦公室跑了出來，站在孩子們之間。其實黑喵也正因為想要學習跆拳道，而開始躍躍欲試呢。

「我們說過今天會教新的動作吧？」

「對！」

孩子們聚精會神的上課。黑喵也看著教練和孩子們的動作，依樣畫葫蘆的做著。

你問黑喵會不會跆拳道？

不，這應該是牠第一次來到跆拳道館。因為這是牠第一次做這項運動，所以不僅順序不對，連方向也錯了，簡直是一塌糊塗。不過牠覺得就算錯了也無所謂，仍舊努力的練習著。

課上到一半，黑喵偷偷摸摸的走到娜恩旁邊，小聲的問：

「妳有帶手機嗎？」

「嗯，在書包裡，怎麼了？」

「我來幫妳拍些照片和影片吧。」

「今天不是妳最後一次上課嗎？」

直到剛才都還垂頭喪氣的娜恩，表情突然變得豁然開朗。

雖然以後不能再來跆拳道館上課，但她想要將這些照片和影片當作回憶，好好的收藏起來。娜恩從放在練習場後方的書包中，拿出了手機。

「你有看到這顆紅色按鈕吧？只要按下這個就行了。」

「嗯，就交給我吧。」

黑喵充滿自信的說著。

牠以前曾和雙胞胎一起拍過吃披薩的影片。牠當時稍微偷看了一下她們拍片的過程，所以知道該怎麼做。

娜恩重新振作起精神，就像奧運比賽的選手，認真的看著教練，模仿她的動作。黑喵一刻也不放過，用手機將娜恩練習的樣子拍了下來。

有幾個孩子走到娜恩身邊，開起玩笑。有個孩子將臉貼在鏡頭上，伸出舌頭。還有個孩子將手伸到娜恩頭上，比出長角的動作。娜恩面對同學們的玩笑，也忍住不笑，專心上課。要是在其他時候，她早就大發脾氣叫他們不要鬧，或是向教練告狀。但奇怪的是，她今天並不討厭這些同學們開的玩笑。

就在快要下課時，教練看著孩子們說：

「有沒有人要來前面示範一下今天學的動作？」

孩子們爭相舉手表示自願示範，還有小孩在原地跳著要教練選他。教練苦惱了一會兒，便指了娜恩。

娜恩奮力的大步走向前，接著轉身面向同學，深吸一口氣。

「立正，預備！向左邊，下擋。一、二。」

娜恩照著口令，穩定熟練的做出動作。

「最後是叫喊，替自己打氣，立正！稍息！表現得很好。大家一起為娜恩鼓掌！」

孩子們朝著娜恩用力拍手。娜恩滿臉通紅，笑得很開心。最後一堂課就這麼愉快的結束了，她自己也感到欣慰。黑喵連娜恩的笑容也沒放過，全都用手機錄了下來。

下課後，娜恩跑向黑喵。

「有拍好嗎？」

「那當然，妳真是太酷了。」

「謝謝你。我會好好珍藏你幫我

拍的這些照片和影片的。」

黑喵抱著替娜恩加油打氣的心情，露出燦爛的笑容。

送孩子們回家後，教練回到跆拳道館，忙著傳送課程相關的訊息給家長。

黑喵說牠要休息一下，沒想到爬上沙發後，馬上就進入夢鄉了。仔細想想，自從牠來到跆拳道館後，連一覺都還沒睡過。原本牠可是不分白天或夜晚，只要頭一著地，就能立刻呼呼大睡呢。

晚餐時間，教練叫了外送。

桌上放著炸得金黃酥脆的糖醋里肌和充滿油潤光澤的炸醬麵。

黑喵動了動鼻子，偷偷睜開眼睛。這味道聞起來實在是太香了，讓牠無法裝作不在意。

「你餓了吧？快過來一起吃吧。」

一聽到教練這麼說，黑喵的眼睛立刻閃閃發光。

「稍等一下。」

黑喵從行李箱中拿出了圍兜、刀叉，還有魚形的碗。

「我原本是不隨便吃東西的，但教練妳自己一個人要吃掉這些，感覺分量有點多。可不能將食物剩下呢。」

教練笑著將食物裝到黑喵的碗裡。

當他們倆津津有味的吃著晚餐時，手機突然響了。教練看見手機上顯示的名字，開心的接起電話。

「娜恩，這個時間有什麼事嗎？」黑喵歪著頭，聽著兩人通話的內容。

「真是太好了。那我們就明天再見囉。」

掛掉電話之後，教練興奮的說：

「聽說娜恩的父母要讓她繼續來上跆拳道了。」

「哇！真的嗎？耶，喔耶！」

黑喵從位子上站起來，扭動著屁股。

「看來是她父母看到剛才拍的照片和影片了。聽說他們看到娜恩的表情後，表示沒想到她會這麼喜歡跆拳道，所以同意她繼續學習跆拳道了。」

黑喵露出有點神祕的笑容，點了點頭。彷彿牠早就知道會這樣。

「不過你怎麼會有這麼棒的點子呢？」

聽到教練這麼問，黑喵立刻乾咳了幾聲。

「我只是覺得娜恩練跆拳道的樣子真的很帥氣，所以才幫她拍下來的。」

「老實說，我也很希望娜恩可以繼續學跆拳道。總之，這真是太好了。我現在開心到就算沒有吃飯，肚子也不覺得餓呢。」

你們知道黑喵聽完之後說了什麼嗎？

「嗯，我好像要吃東西肚子才會飽。那我可以通通吃完嗎？」

「呵呵，好啊。既然聽到了好消息，我們就好好吃飯吧。」

黑喵將一塊糖醋里肌放進嘴裡。雖然鮪魚罐頭很好吃，披薩也很好吃，但糖醋里肌可是比那些東西還要好吃三十倍呢。

教練看著黑喵說：「剛才你問我需不需要助手吧？如果可以，能請你來幫我幾天就好嗎？直到我找到新的教練為止。」

「好呀。我原本是不隨便工作的，但妳都請我吃了這麼美味的晚餐。」

教練看著黑喵，難得露出了燦爛的笑容。

在跆拳道館的第一餐吃得飽飽的之後，黑喵就熟練的在沙發鋪上被子躺下了。

牠用眼罩遮住眼睛，還戴上耳塞。

「那我就先睡囉。我可能是搭了太久的車吧，所以有點累了。」

教練看見牠睡得香甜，就安靜的離開了辦公室。

對打變成打架

第二天，來到跆拳道館上班的教練嚇了一跳，因為道館裡的窗戶大開，電燈也亮著，桌子和沙發都被整理得一乾二淨。但不知為何，就是不見黑喵的蹤影。

「牠去哪兒了？不會就這麼走了吧？」

教練沮喪的癱坐在沙發上，接著她注意到放在出入口後方的行李箱。

「呼，那牠到底是在哪裡啊？」

這時，某處傳來了奇怪的聲音。

呼！
哈！

「咿呀，呼嚕嚕。」

「吼喔，呀嚕嚕。」

教練走到練習場一看，發現黑喵正在軟墊上做著體操。牠輕輕的閉上眼睛，做了一個深呼吸，又突然抬起一隻腿後放下，接著再將腰部向前伸展，然後捲成像球一樣圓圓的形狀。牠還將上半身向下伸展，做成溜滑梯的模樣。這是完全模仿不來，又奇怪又困難的動作。

「咿呀，喵嗚。」

「吼咿，喵嗚。」

牠的嘴裡好像一直念念有詞的在說些什麼，那既不是咒語，也不是口令。總之，很奇怪就是了。

教練坐在椅子上看著黑喵，越看越入神，然後漸漸的像是被什麼東西迷住一樣。

她的身體不由自主的動了起來，並且在不知不覺間，開始模仿起黑喵的動作，先是抬腿、然後是伸展腰部。

結束了意想不到的早操後，教練拿出從家裡帶來的便當。

「想要和孩子們較勁一整天，早餐就得吃飽才行。」

打開便當盒的那一剎那，黑喵原本就很大的眼睛又睜得更大了。便當盒裡面裝的是鮪魚三明治。

黑喵一瞬間就將牠那份三明治吃個精光，連沾在前腳上的美乃滋也舔得一乾二淨。

吃完早餐後，教練準備出門，嘴上說著因為不能讓跆拳道館空著，有些事情已經拖了好幾天都還沒做，今天一定要將它們完成。

「我辦完事情就去接那些孩子過來。在那之前，跆拳道館就交給你了。如果有孩子提早到，叫他跳繩就可以了，知道嗎？」

「好，別擔心，路上小心。」

黑喵抬頭挺胸的看著教練，那副模樣真叫人感到可靠又值得信賴呢。

教練離開後，黑喵躺在沙發上小睡了一會兒。這時，外面傳來哐咚哐咚的腳步聲，還有孩子們喧鬧的聲音。

「如果我贏了，你全部的鬥

片都歸我了。」

「不對，才不是全部的鬥片，我只有跟你賭超大鬥片而已。」

「笑死人了，你剛才明明就說是全部的。」

「我哪有？」

民才和賢宇在上樓梯的時候，吵吵鬧鬧的爭個不停。

「你們這些傢伙！」

餃子店的老爺爺正好從廁所出來看見他們，就大聲喊叫。

「這棟大樓是你們買的嗎？給我安靜點，安靜點！」

民才和賢宇因為害怕，快步走進跆拳道館。老爺爺嘖嘖的咂著嘴，慢慢走下階梯。

黑喵走近兩個孩子，想要叫他們去跳繩，但民才和賢宇卻開始穿戴起放在練習場後方的頭盔和護胸。那是教練提早拿出來，準備要在今天的對打課使用的。黑喵還以為兩人要練習對打，所以決定靜觀其變。

兩人在原地跳了幾下當作熱身。民才吵鬧的跺著腳對賢宇說：

「如果我贏了，你的鬥片全都歸我。一定要守信用！」

「就說不是那樣了！我只有和你賭一張超大鬥片！」

賢宇覺得很反感。自己明明都說不是那樣了，民才卻一直要他賭上所有的鬥片。兩人都皺著眉頭瞪著對方。

黑喵將手背在身後，偷偷湊了過來。

「我來當你們的裁判吧？」

民才和賢宇同時點了點頭。若比賽要公正，就需要有裁判在場。

「立正，敬……喂，你們兩個！」

這一切就發生在一眨眼之間。黑喵都還沒喊出敬禮，賢宇就用腳踢了民才的肚子。

面對突然迎面而來的飛踢，民才無力的倒向後方。生氣的民才猛然起身，揮舞著拳頭。

你……你們兩個
嚇

「你這傢伙！」

對打在瞬間變成打架。兩人糾纏在一起，躺在地上滾來滾去，胡亂揮舞著拳頭打成一團。

「你們兩個，快住手。真是的，我叫你們住手。」

黑喵好聲好氣的勸導著，並將兩人分開。兩人猛然起身，氣喘吁吁的怒視著對方。但這也只是暫時而已。民才被激起怒火，又開始拳腳相向了。黑喵再也無力阻擋，但牠這個裁判也不能就這麼袖手旁觀。黑喵將雙手交叉在胸前想了一會兒，堅決的說：

「你們兩個給我到此為止！」

兩人喘著氣摘下頭盔，頭髮被汗水浸濕，滿臉通紅，看起來像個烤地瓜似的。

「我是出於好奇才這麼問的，你們現在是在對打嗎？」

黑喵似乎覺得太不像話，所以才問了這句話。

「還不是因為這傢伙先用腳踢我，我才會還手。」

民才向黑喵告狀，而賢宇也不認輸的回嘴說道：

「還不是你從剛才開始，就一直想要搶走我所有的鬥片！」

看著兩人氣得喘個不停的樣子，黑喵開口說：

「你們兩個都把那個脫掉。」

兩人一臉驚訝的看著黑喵。

「我叫你們把穿在跆拳道服上面的護胸脫掉，那是只有在對打時才會穿的東西。如果你們要繼續像這樣打下去，那就不要穿上護胸，直接用肉身去打吧。」

聽到黑喵這麼說，兩人立刻閉上嘴巴。他們稍微喘了口氣，同時想起教練在課堂上說過的話。

「如果懷有討厭對方的心態，那對打隨時都有可能會變成打架。

大家要記住，對打和打架就只有一線之隔。」

教練對經常打打鬧鬧的民才和賢宇這麼說過好幾次。兩人脫下身上的護胸，看了看彼此的眼色。

民才率先向賢宇伸出手。

「抱歉剛才惹你生氣。」

賢宇將自己的手疊放在民才的手上。

「剛才是我先用腳踢你的，我也很抱歉。」

兩人相互擁抱，再拍拍彼此的背。對打課結束後，大家總是會這麼做。黑喵清清嗓子。雖然裁判的工作結束了，但牠還有事要做。

「你們兩個，過來這裡站好吧。」

民才和賢宇原本還扭扭捏捏的，一聽到黑喵的話就立刻站好。

「我原本可是不隨便教人的呢。」

聽到黑喵這麼說，兩人的眼睛閃閃發亮。

「既然你們已經和好了，我就來教教你們吧。這是我專屬的招式，可以在對打時派上用場喔。」

兩人像是從未發生過爭執，笑嘻嘻的對看。黑喵在肚子緊緊繫上一條白色腰帶後，看著他們說：「在對打時，必須先穩住身體的重心。你們照著我做的動作試試看。」

黑喵將前爪合掌，再將尾巴向上豎直，嘴裡還不由自主的發出「哼」的聲音。民才和賢宇並沒有尾巴，所以只好將背挺直。

「很好，攻擊招式分為很多種，我最常用的招式就是『喵喵拳』和『後腿砰砰』。」

民才和賢宇對看了一眼，噗哧的笑了出來。竟然叫喵喵拳和後腿砰砰！這又不是遊樂設施的名字。光聽名字就覺得應該不是什麼厲害的招式，但黑喵卻非常認真。

在拳擊中，用拳頭猛擊對方的招式就叫作「重擊」。貓咪原本就很擅長使用前腳，因此我們特別將貓咪的重擊稱作「喵喵拳」。

「喵喵拳最重要的就是速度，要快到讓對方難以察覺。你們仔細看我的示範。」

黑喵緩緩的舉起前腳，一邊稍微彎曲腳踝，接著咻咻咻的連續使出重擊。

「喵喵拳的核心重點在於要輕巧迅速的伸出拳頭。你們絕對不能因為輕巧就小看了它的威力。如果被準確擊中，可是會痛到令人暈頭轉向呢。」

黑喵使勁的瞪著雙眼說。民才和賢宇緊握住拳頭，練習快速向前方出拳。

喵喵拳
咻
咻
①輕巧！
②迅速！

後腿砰砰
①先用手緊抓住對方
②再用後腿無情的砰砰猛踢！
等等！我需要玩偶！

「很好。接下來的招式是後腿砰砰。首先，使用前腳緊緊抓住對方，讓對方動彈不得，之後再用後腳無情的砰砰猛踢。你們稍等一下。」

黑喵看了一圈練習場，拿來了放在置物櫃上的兔子玩偶。孩子們常常將東西忘在跆拳道館，這個兔子玩偶就是其中之一。黑喵斜躺在地上，用前腳緊緊的抓住兔子玩偶，接著使出無情的飛踢攻擊。就如同這個招式的名稱一樣，發出了「砰砰」的聲音。

民才和賢宇雖然也想試著做後腿砰砰，但不管怎麼想都覺得有些奇怪。在跆拳道中，並沒有躺著進行的招式。兩人慌張的抓了抓頭。這時，先前外出辦事的教練帶著其他孩子一起走進跆拳道館。

「黑喵，你這是在做什麼？」

黑喵看了看周圍，發現所有人都俯瞰著自己，並努力忍住不笑。牠露出尷尬的表情，拍拍屁股站了起來。玩偶因為承受不住黑喵的飛踢攻擊，線頭斷了，裡面的棉花也跑出來了。有個孩子一臉哀愁的拿起娃娃。

「這是我的玩偶耶。」

黑喵向她道歉：

「對不起，我不是故意把它弄壞的……啊，等一下。」

壯壯
噗!
嗚……
噗

黑喵從行李箱掏出了一樣東西。

「這是我之前收到的禮物，感覺很適合妳。可以請妳收下這個和我的道歉嗎？」

黑喵遞出的是一個上面有胡蘿蔔裝飾的髮箍。女孩戴上髮箍，站到鏡子前面左看右看。幸好她看起來還滿喜歡那個髮箍的。

「謝謝你。我再請爸爸幫我修理玩偶就好了。我爸爸手很巧，很會用針線喔。」

「真的嗎？呼，那真是太好了。」

黑喵這才放下心來。

上課時間，民才和賢宇將黑喵教他們的對打招式用得恰到好處。他們挺直腰桿，抓穩身體重心。踢腿時也迅速的伸出腿，沒有讓對方察覺。教練看著兩人對打的模樣，喃喃自語的說：「這兩個傢伙，還以為他們每天就只會打打鬧鬧，沒想到還挺有模有樣的嘛。不過總感覺他們的動作好像哪裡怪怪的。」

黑喵在旁邊聽到教練這麼說，露出了欣慰的表情。

黃金餃子大騷動

整天充滿孩子吵鬧聲音的跆拳道館現在變得鴉雀無聲。教練坐在電腦前面，正在訂定下個月的訓練計畫。一邊聽著鍵盤聲，一邊打瞌睡的黑喵也在不知不覺間開始打呼了起來。

正當教練專注在工作，黑喵也呼呼大睡的時候，跆拳道館外突然傳來某人的叫聲。

「有小偷啊，小偷！」

教練連忙跳起往窗外一看，餃子店的老爺爺正指著某處大聲喊叫。

CAT
有小偷啊——！

教練飛快的跑到外面，黑喵也迅速的跟在後頭。老爺爺扶著額頭，癱坐在地上。

「老先生！您還好嗎？」

教練先查看老爺爺有沒有哪裡受傷。從便利商店買完餅乾出來的民才和賢宇看到這一幕，吃驚的走過來。

「喔！老爺爺，您怎麼了？」

老爺爺驚魂未定的喘著氣說：「那個人把我的黃……黃金，哎喲……我的腰。」

老爺爺用盡全身的力氣想要起身，卻又扶著腰再次癱坐在地上。

教練看著老爺爺手指的方向，有一個身穿牛仔褲、頭戴黑色帽子的人正邊回頭偷看邊逃跑。

教練對他們說：「你們兩個可以幫忙把老爺爺扶到店裡嗎？我來追那個可惡的小偷。」

「可以！我們沒問題。」民才和賢宇精力充沛的回答。教練接著拿出手機報警。

「這裡是胖胖餃子店的前面。對，就是有壯壯跆拳道的那棟大樓。餃子店剛才遭小偷了。對，小偷偷走了黃金，請盡快派人過來。」

教練一掛斷電話就開始追小偷，黑喵自然也跟了上去。小偷看到這個情況，將帽子壓得更低，加快了速度。

「給我站住！可惡的小偷！被我抓到你就完蛋了！」

　　教練拚命的大喊並追趕著小偷。她平常就很努力運動，所以跑得非常快。黑喵也拚了命的緊跟在教練後頭。

　　跑在前方的小偷無視行人穿越道的燈號，硬闖了紅燈。

　　「咦？這樣可不行喔。」

　　教練和黑喵雖然急得直跳腳，還是乖乖的等紅綠燈。

這段期間，教練繼續用眼睛緊追著小偷不放，但小偷卻突然鑽進了巷子裡。

這時，燈號變成綠燈。教練咬緊牙關，追進小偷消失的巷子，但小偷早已不見人影。

教練問黑喵：

「現在該怎麼辦才好？我們就要這麼讓小偷溜走了嗎？」

但黑喵沒有回應。

「咦，這傢伙跑哪去了？」

不管怎麼找，都看不見黑喵的蹤影。

原來，黑喵一過馬路，就和教練分頭尋找。牠看見小偷鑽進巷子裡，認為得找其他辦法才行。

牠看了一下四周，正好在附近看到一棟高樓大廈。黑喵一口氣爬上屋頂向下俯瞰。牠一眼就能看見社區裡所有彎彎曲曲的巷弄。

黑喵輕輕的閉上眼睛，將精神專注於隨風而來的氣味和聲音。過了一會兒，牠就感覺到小偷像是一隻被困在迷宮內的老鼠。

「那我就去看看吧？」

黑喵從容的露出笑容，深深吸了一口氣，後腿用力一跳。牠的肌肉像彈簧一樣，一下子就拉長了。多虧了這雙腿，牠才能輕鬆的跳到對面屋頂上。黑喵飛快的跳過比自己身體長兩、三倍的距離，追趕著小偷。

讓小偷在眼前溜走的教練，咬牙切齒的在巷弄裡打轉。

「被我抓到你就慘了，看我用一個360度旋踢來搞定你！」

這時，不知從哪傳來了狗叫的聲音。這是狗看見陌生人，感到警戒時會發出的叫聲。教練覺得奇怪，便朝著聲音的方向走去，最後在一條死巷裡撞見小偷。

「喂，你到餃子店，乖乖吃餃子就好，幹嘛要偷別人的東西？」

教練喘著氣，好聲好氣的對小偷說。但他卻只嘲弄似的「呿」了一聲，就提起褲頭，擺出攻擊姿勢。

「好啊！你想要放手一搏是嗎？」

教練瞪著小偷，握緊了拳頭，接下來從丹田部位開始提氣，大聲的喊出：「嚇啊！看我的厲害。」

聽見這個聲音，社區裡的狗兒們都開始一起汪汪叫了起來。巷子裡變成鬧哄哄的一片，讓小偷驚慌得不知所措。

嚇嚇啊!

喵

教練緊接著流暢的使出360度旋踢將他的帽子踢飛。小偷嚇了一跳，緊緊的閉上眼睛。

就在這時，空中突然飛來某個東西，撲向小偷的臉。這個像蝙蝠般飛行，又像章魚一樣緊緊巴住小偷的臉的東西正是黑喵！

「呃啊！走、走開！」

小偷掙扎著，想要將黑喵從臉上扯下。教練趁機從後方抓住小偷的兩隻手臂，黑喵則是毫不留情的在小偷臉上使出喵喵拳。生平第一次遭受喵喵拳攻擊的小偷再也承受不住，癱坐在地上。

這時，接到教練報案電話的警察正好抵達現場。

「真是辛苦兩位了。謝謝你們冒著危險協助我們。」

正當教練準備開口的那一剎那，黑喵搶先回答。

「我也沒做什麼了不起的事情啦。」

在回去的路上，教練問了黑喵：「不過你是從哪裡出現的啊？你突然不見，讓我很擔心耶。」

「我跑去找捷徑了。不管在哪個社區，都有一些只有我才知道的路徑。」

教練點點頭，似乎覺得牠很厲害。他們倆一邊悠閒的逛著社區，一邊走回跆拳道館。

老爺爺恢復了平靜，正在餃子店裡休息。警察稍早來過，交還被小偷偷走的物品就離開了，而民才和賢宇則是在老爺爺旁邊津津有味的吃著餃子和包子。

「老爺爺做的餃子真的好好吃喔。」

「沒錯，包子也是最棒的。」

「是嗎？那你們多吃一點。」

當教練和黑喵一走進店裡，老爺爺就立刻從椅子上起身。他似乎是想起剛才發生的事情，鬆了一口氣。

「哎呀，真是謝謝你們。你們應該沒有受傷吧？」

「我們沒事。不過您的金塊找回來了嗎？」

「金塊？」

「對呀，您剛才不是說黃金被偷走了嗎？」

老爺爺把頭一仰，笑了好久，才指著一旁的層架。層架上放著獎牌和透明的玻璃盒，盒子裡面裝著一個黃金餃子。

「哎呀！原來不是普通的黃金，而是黃金餃子呀！是這個被偷走了嗎？」

「雖然是黃金餃子沒錯啦，但這不是真正的黃金，只是外面鍍上一層薄薄的金箔而已。這是被『全國手工餃子協會』選為年度最美味餃子店時收到的禮物。對我來說可是比黃金還要珍貴的物品呢，所以才會引發這場騷動。」

老爺爺抓了抓頭。

「看看我這記性。你們既然來了，就吃點餃子再走吧。」

當老爺爺去拿餃子時，教練慢慢的逛起餃子店。老爺爺年輕時包餃子的模樣、第一天開幕時拍下的紀念照、和客人一起拍的合照等，掛在店裡各個地方。而那個黃金餃子就擺在這些照片上方，散發金黃的色澤。

老爺爺很快就將熱騰騰的餃子裝滿整個大盤子。教練夾起餃子，用嘴巴「呼呼」的吹著吃。黑喵用小小的嘴巴，一點一點的咬著餃子。老爺爺一臉欣慰看著他們吃餃子的模樣說：「那兩個孩子扶著我，把我帶到店裡，而且還幫我按摩手、幫我倒水呢。原本以為他們只會搗蛋，沒想到這麼懂事呢，呵呵。」

教練摸了一下民才和賢宇的頭，兩人似乎有點不好意思，眼睛彎成新月一般，嘿嘿的笑了。

「你說你叫黑喵？之前你來詢問跆拳道館的時候，我還叫你走開，別在我這裡掉毛，真是抱歉啊。」

黑喵將口中的餃子一口吞下。

菜單
鮮肉餃子
泡菜餃子
雙拼餃子
全國手工餃子協會
獎牌
胖胖餃子
祝
壯壯

「爺爺你不是告訴我道館就在這棟大樓的三樓嗎？而且現在還請我吃這麼美味的餃子呢。」

教練、黑喵和孩子們接著又吃下三盤餃子後，才走出店裡。離開前，教練對兩人說：「孩子們，教練今天真的很開心呢！也對你們的表現感到很欣慰。」

「為什麼？是因為抓到小偷了嗎？」

民才直直的看著教練。

「是因為你們幫助了老爺爺。我們在課堂上和大家一起背的是什麼呢？」

拳道
少年科
胖餃子
胖胖餃子

「學習跆拳道的目的。」

賢宇充滿自信的回答。

「沒錯，裡面不是有提到我們是為了要幫助弱小，成為出色的人，才學習跆拳道的嗎？你們兩個今天真的很棒。我真以你們這兩個弟子為傲呢。」

「我也以教練為傲。」

民才將手舉到頭上，比出一個愛心的形狀。賢宇則對著黑喵豎起大拇指說：「黑喵今天也超帥的！」

黑喵聳了聳肩，似乎覺得這沒什麼大不了的。

我是貓咪教練黑喵

今天是星期六，但跆拳道館裡卻燈火通明，因為教練正在做先前累積下來的工作。要包裝一些禮物給下個月生日的小壽星們，還得寫信給這個月剛來的新學員。

黑喵在一旁協助教練。牠將包裝紙依照禮物的大小剪下，也替那些禮物綁上精美的緞帶。牠還幫忙在信封的外側塗上膠水呢。

但這時牠突然聽到外面傳來孩子走上階梯的聲音。

季軍

娜恩、民才和賢宇三人的手上都各自拿著東西，走進跆拳道館。

「今天沒有課，你們怎麼過來了？」教練以為發生了什麼事，一臉擔心的問。

「我們有東西要送給黑喵呀！」娜恩從紙袋中拿出一個小相框。

「黑喵，這個給你。這是我上美術課的時候畫的唷。」

相框裡裝著一幅畫，上面畫著黑喵穿上跆拳道服，露出威風凜凜的神情。

「我就知道跆拳道服一定會很適合我。謝謝妳，我會好好珍惜這幅畫的。」

民才和賢宇也將帶來的盒子交給黑喵。這竟然是兩人一起準備的禮物？黑喵一臉疑惑的打開盒子。

盒子裡裝的是鬥片。兩人不是才在不久前為了這些鬥片比試一番，最後還真的打起來了嗎？竟然會把這麼珍貴的東西送給黑喵，真不知道他們心裡打著什麼算盤。

「你們真的要把這些送我嗎？」

民才點點頭。

賢宇拿出盒子裡最大的一張鬥片。「這是我贏來的，是絕無僅有、唯一一張超超超大鬥片喔。很酷吧？」

黑喵收下賢宇手上的超大鬥片，趕緊藏到背後。

「你們以後可不能又跟我說要用這些來比試喔，給了就是給了，知道嗎？」

民才和賢宇想起上次的事情，看向對方噗哧一笑。

「好啦，接下來輪到我了吧？」

教練像是等待已久的樣子，從置物櫃裡拿出一個大大的盒子。

「來，這是我準備的禮物，希望你會喜歡。」

黑喵打開盒子後，變得像冰塊一樣凝固不動。

「是什麼東西啊？趕快拿出來看看啊。」

孩子們更加好奇的催促著黑喵。牠的嘴角露出一絲笑容，一邊將禮物拿了出來。

教練準備的禮物是一套跆拳道服。左側縫有太極旗，右側則是縫上「壯壯跆拳道」的標誌。

「我訂了最小的尺寸，不知道合不合身。」

「只要現在試穿看看就知道了呀。黑喵，我們來幫你。」

孩子們幫黑喵穿上跆拳道服。教練將一條繡有「黑喵」的新腰帶綁在道服上。

好幸福呀！
壯壯
黑喵

「謝謝你這段期間在跆拳道館的幫忙。所以呢，可以請你再多幫我幾天嗎？新教練因為有事，下個月才能開始工作。」

「好啊，沒問題。我總不能白白收下這麼帥氣的跆拳道服嘛。」

黑喵將立在門邊的行李箱拉過來。教練問了一直以來都很好奇的問題。

「行李箱裡面到底裝了什麼？」

「我原本是不隨便給人家看的啦。不過如果要把畫和鬥片放進去，那也沒辦法。」

黑喵拉開拉鍊，一打開行李箱，裡面的東西就全都彈了出來。

「哇！」

孩子們嚇了一跳，大叫出聲。

黑喵彷彿是在等待這一刻，開始炫耀起牠的那些禮物。

「這是志宇的爺爺送我的牛仔帽。我要在夏天戴，所以非常珍惜；這是從海產店老闆那裡收到的優惠券。他說如果我想吃新鮮的生魚片，只要拿著這張過去就可以了。還有這是……」

不知究竟有多少禮物，感覺聽上一整晚都不夠呢。

正當黑喵不停的展示著牠的禮物時，有個孩子來到跆拳道館。

他站在練習場門口探頭探腦，小小聲的說：

「我是看到這張廣告傳單才過來的。請問我可以參觀一下嗎？」

這時黑喵走向他，用沉穩又威風的語氣說：

「歡迎你，我是貓咪教練黑喵。」

盡心盡力

哈囉！你們過得好嗎？我最近正在忙著學習跆拳道。你問我那不會很難嗎？

不會呀。「重擊」就和我的「喵喵拳」差不多，而「踢技」就和我的「後腿砰砰」沒什麼兩樣。再說了，就算有點難又怎麼樣呢？只要和娜恩一樣，開心認真的學習就好了嘛！

我被娜恩練跆拳道的樣子迷住了。了解之後才發現，原來娜恩是個不管做什麼事情都會盡心盡力的人，不管是讀書還是運動都一樣。盡心盡力就是「使出自己的全力」，是我非常喜歡的一句話呢。

我希望你們不管做什麼事情，都能盡心盡力。盡心盡力的玩耍、盡心盡力的學習。你問我玩也要盡心盡力嗎？

那當然呀！這樣讀書的時候，才不會出現想要玩樂的念頭嘛。什麼？你說不管再怎麼玩，都還是想玩？

唉唷，那就沒辦法了。只好再玩得更開心一點，玩到完全不會產生想要再玩的念頭才行囉。

那麼我就先告辭了。你問我接下來要去哪裡？我也不知道。我原本就不會先想好接下來要去的地方，因為不知道路途上還會發生什麼事情。有可能會認識新的朋友，也有可能會展開一場出乎意料的冒險。呵呵，光用想的就讓我很興奮呢。

如果你們在路上遇到我，可以這麼對我說嗎？

「黑喵，我們一起玩吧！」

喵喵拳與後腿砰砰高手
黑喵

我們下次見！

我是問題終結者 ＿＿＿＿

小朋友們，看完這本故事，你是不是也想起了平常發生在你身邊的紛爭呢？現在輪到你來當「問題終結者」，動腦想一想，當下列問題發生時，可以怎麼解決呢？

弟弟搶走我最喜歡的玩具，我該怎麼辦呢？

鄰居奶奶家遭小偷了，我可以怎麼幫忙她？

我非常喜歡某一項課後活動，但爸爸媽媽卻說我應該專心讀書，我可以怎麼說服爸媽讓我繼續從事這項活動呢？

← 信紙可以寫下你的解決之道，或者記錄你的心情小語喔！

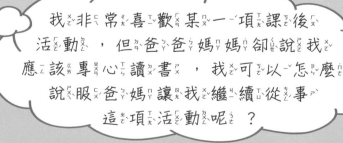

To:

From:

沿著虛線剪下，就可以當成信紙，將溫暖的心意傳遞給他人喔。

To:

From:

To:

From:

沿著虛線剪下，就可以當成信紙，將溫暖的心意傳遞給他人喔。

To:

From:

To:

From:

沿著虛線剪下，就可以當成信紙，將溫暖的心意傳遞給他人喔。

To:

From:

To:

From:

沿著虛線剪下，就可以當成信紙，將溫暖的心意傳遞給他人喔。

小書芽系列：從繪本邁向輕量閱讀

多元選題｜自主思考｜開拓閱讀視野

《深夜中的月光食堂》

如果有不好的回憶想要消除，
敬請光臨「深夜中的月光食堂」！

夜晚月光照映下才會出現的神祕餐廳，
在那裡只要交出「不好的回憶」，
就能換取任何美食！
但，忘掉所有不好的回憶，就會變得幸福嗎？

《不讀書一家與書食餐廳》

不讀書一家一年讀不到一本書，
但「書」卻是他們生活中不可或缺的物品？

某天，不讀書一家在書上發現了前往「美味書食餐廳」的地圖，
在那裡，廚師們用新鮮的故事製作料理。
究竟在這家神祕的餐廳裡，不讀書一家將品嘗到什麼樣的「書」食料理呢？

《航向鯨奇島》

鯨豚救援 X 奇幻冒險，
讓我們跟鯨魚許下一個約定……

學校來了一位「重量級」貴客——小抹香鯨。
大宇感應到自己和鯨魚之間的奇異電流，
當天晚上，他竟然隨著捲入房間的巨浪漂向一片未知的海洋。
海洋夥伴們能夠帶領大宇找到「鯨奇」嗎？
而「鯨奇」的真實身分又是什麼呢？

＊單冊定價：280 元 / 有注音 / 國小低中年級適讀

問題終結者黑喵

安穩貓窩？No！鏟屎官？Out！

總是拖著一卡皮箱不請自來的貓咪，
不但雙腳站立，還聽得懂人話！
問題終結者黑喵會如何化解身邊的大小事？

- 職業探索
- 細膩觀察他人需要
- 培養問題解決能力

《問題終結者黑喵 1：
守護公寓的和平！》

《問題終結者黑喵 2：
挑戰最棒的料理！》

《問題終結者黑喵 3：
成為跆拳道高手！》

《問題終結者黑喵 4：
在雪橇場奔跑吧！》

＊1、2 冊定價：280 元 /
3、4 冊定價：300 元 /
國小低中年級適讀 /
有注音

▲更多黑喵

《漫畫文學經典系列：金銀島》

金銀島上，誰會是最後贏家？

我，吉姆．霍金斯，今年十二歲，夢想是航海環遊世界。
家中旅店來了一位自稱「船長」拖著奇怪大箱子的神祕客人。
我被兩個大人拉上尋寶船，航海冒險即刻展開！

《漫畫文學經典系列：遠大前程》

意外獲得的財產、神祕的金主，
等待著我的又是什麼樣的人生？

我是菲利普．皮瑞普，由壞脾氣的姐姐一手帶大，我從小的志願是成為像姐夫一樣稱職的鐵匠！有一天我在墓園裡碰到飢餓的逃犯，他逼我帶食物給他，否則就要我的小命！姐姐要我去一個古怪的貴婦家玩耍，遇見了一位美麗的女孩，但她不斷嘲笑著我的出身背景，也讓我開始懷疑自己是不是真的粗俗又丟臉……

《漫畫文學經典系列：福爾摩斯與巴斯克維爾的獵犬》

神探搭檔遇上史上最奇異也最棘手的謎團！

我是華生醫生，神探福爾摩斯的死黨兼助手。
福爾摩斯和我遇上一個關於命案、家族詛咒和鬼魅般獵犬的恐怖傳說。陰鬱詭譎的巴斯克維爾莊園，薄霧瀰漫、空曠蒼涼的神祕曠野、舉止怪異的管家夫婦、脾氣古怪的鄰居，以及不時傳來讓人心裡發毛的恐怖嚎叫，我們能否在一切為時已晚前，抓到幕後主謀？

＊單冊定價：340 元 / 有注音 / 適合 6 歲以上閱讀

國家圖書館出版品預行編目資料

問題終結者黑喵3：成為跆拳道高手！／洪旼靜文字；金哉希繪圖;賴毓棻譯.－－初版一刷.－－臺北市：弘雅三民，2023
　　面；　公分.－－（小書芽）
　譯自：고양이 해결사 깜냥 3: 태권도의 고수가 되어라!
　ISBN 978-626-307-777-5（平裝）

862.596　　　　111016119

小書芽

問題終結者黑喵 3：成為跆拳道高手！

文　字	洪旼靜
繪　圖	金哉希
譯　者	賴毓棻
責任編輯	黃怡婷
美術編輯	楊舒琪
發 行 人	劉仲傑
出 版 者	弘雅三民圖書股份有限公司
地　址	臺北市復興北路 386 號 (復北門市) 臺北市重慶南路一段 61 號 (重南門市)
電　話	(02)25006600
網　址	三民網路書店 https://www.sanmin.com.tw
出版日期	初版一刷 2023 年 1 月
書籍編號	H859710
I S B N	978-626-307-777-5

弘雅三民圖書

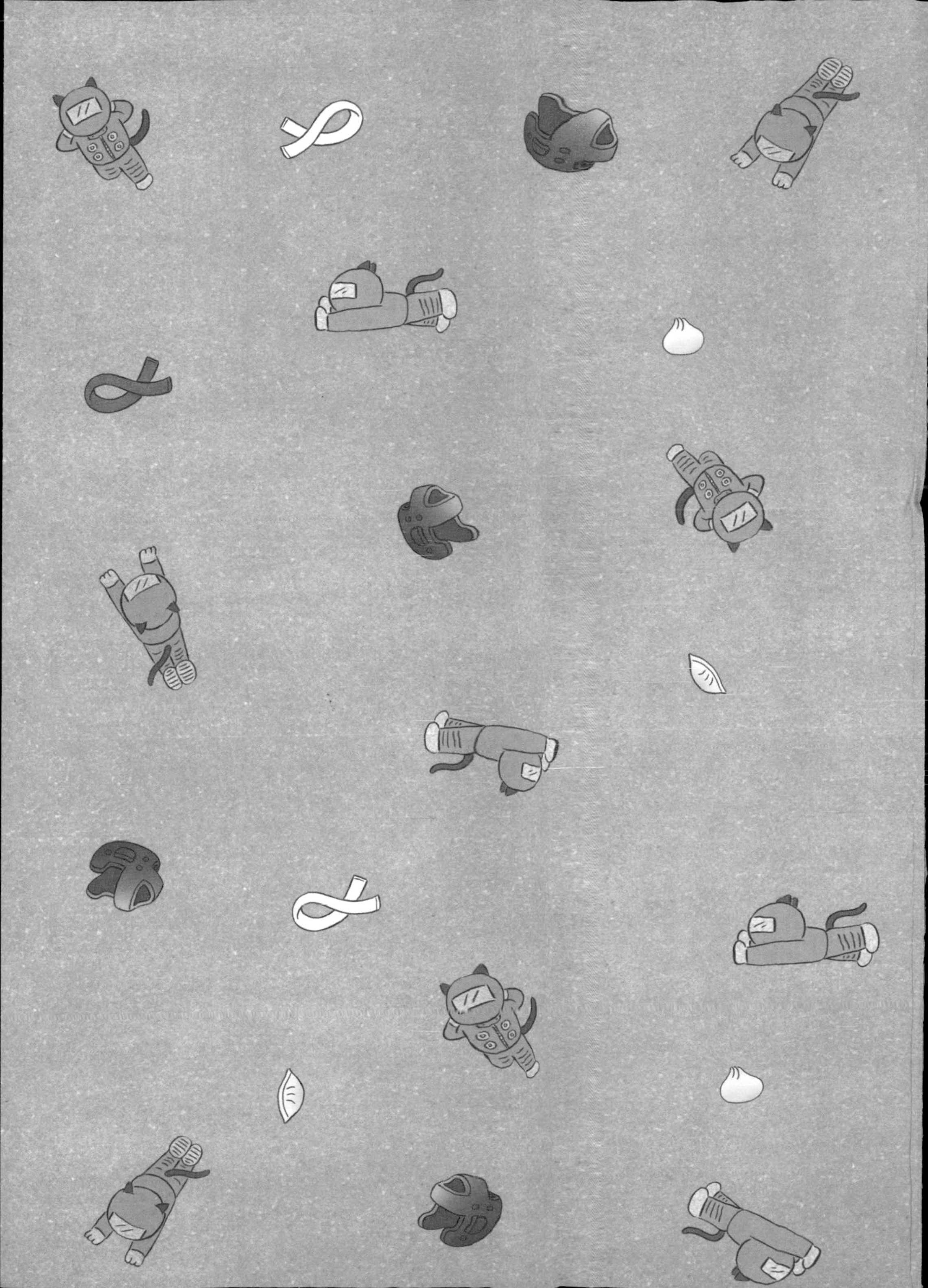